Début d'une série de documents
en couleur

(TYPOGRAPHIE)

LE ROMAN

DU

COMTE DE TOULOUSE

PAR

Gaston PARIS

DE L'ACADÉMIE FRANÇAISE
ET DE L'ACADÉMIE DES INSCRIPTIONS ET BELLES-LETTRES

(Extrait des *Annales du Midi*, tome XII.)

PARIS
ÉMILE BOUILLON
LIBRAIRE-ÉDITEUR
87, rue de Richelieu.

TOULOUSE
ÉDOUARD PRIVAT
LIBRAIRE-ÉDITEUR
45, rue des Tourneurs.

1900

(18)

K7f

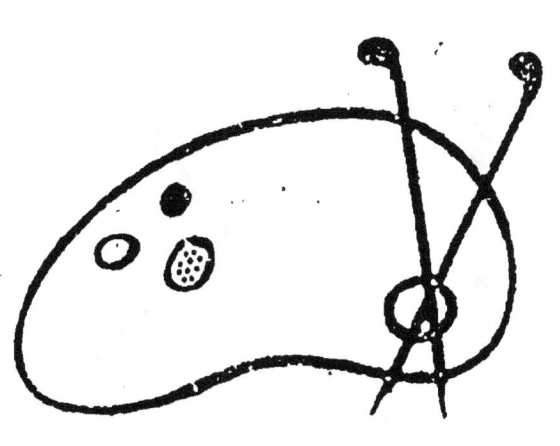

Fin d'une série de documents
en couleur

Couverture inférieure manquante

LE
ROMAN DU COMTE DE TOULOUSE

LE ROMAN

DU

COMTE DE TOULOUSE

PAR

Gaston PARIS

DE L'ACADÉMIE FRANÇAISE
ET DE L'ACADÉMIE DES INSCRIPTIONS ET BELLES-LETTRES

———

(Extrait des *Annales du Midi*, tome XII.)

———

PARIS
ÉMILE BOUILLON
LIBRAIRE-ÉDITEUR
67, rue de Richelieu.

TOULOUSE
ÉDOUARD PRIVAT
LIBRAIRE-ÉDITEUR
45, rue des Tourneurs.

1900

LE

ROMAN DU COMTE DE TOULOUSE [1]

MONSIEUR LE MINISTRE,
MESDAMES, MESSIEURS,

Le moyen âge romantique n'est pas, comme on l'a quelque-
fois dit par réaction contre le genre « troubadour », une
invention de quelques rêveurs naïfs, épris, sur des malen-
tendus, d'une époque qu'ils ne connaissaient pas. La haute
société française de l'âge féodal a bien réellement conçu un
idéal d'héroïsme, de générosité, de courtoisie et d'amour, et
cet idéal a trouvé dans la poésie son expression plus ou moins
parfaite. Qu'il différât beaucoup de la réalité, c'est ce que
nous prouve l'étude de l'histoire ; mais c'est déjà pour la
France d'autrefois un honneur de l'avoir conçu, de l'avoir
aimé, de l'avoir exprimé, et de l'avoir inculqué aux autres
nations. Si l'on doit surtout juger une société par ce qu'elle
est, il faut aussi lui tenir compte de ce qu'elle voudrait être :
la poésie qu'elle produit spontanément est un élément qu'on
ne saurait négliger pour l'apprécier dans ce qu'elle a de plus
intime, puisque la poésie, comme l'a dit un poète sincère

1. Je donne ici le texte, légèrement retouché, de la lecture que j'ai faite
à la séance de clôture du Congrès des Sociétés savantes tenue à Toulouse
le 8 avril 1899. J'y joins les notes qui peuvent seules lui donner quelque
valeur pour l'histoire littéraire.

entre tous, n'est après tout qu'« un rêve où la vie est plus
conforme à l'âme. »

Je veux vous entretenir aujourd'hui d'une histoire qui est,
surtout dans ses dernières formes, une de celles où cet idéal,
un peu factice, il faut le dire, s'est le mieux traduit. On pour-
rait presque trouver qu'elle est trop « moyen âge » : on la
croirait au premier abord inventée par quelque romancier
moderne, voyant l'époque de la chevalerie sous un jour pure-
ment conventionnel. Rien n'y manque des ingrédients ordi-
naires : ni le chevalier sans reproche autant que sans peur,
ni la dame injustement persécutée, ni l'amour chaste et dis-
cret, ni le bon moine, ni le traître à l'âme aussi noire que
celle de sa victime est immaculée. Tout cela est cependant
parfaitement authentique, dans le sens où peut l'être un roman. C'est un roman, mais c'est un roman du moyen âge, et
même, dans sa première forme, un roman du haut moyen
âge. L'origine semble bien en être toulousaine ou au moins
méridionale, et c'est à cause de cela que je l'ai choisi pour
en faire l'objet d'une communication au Congrès qui tient
aujourd'hui sa dernière séance dans la vieille et glorieuse
capitale de l'Aquitaine.

Il existe toute une série de récits, de poèmes, d'œuvres
dramatiques et de romans en prose qui, sous des noms et
dans des cadres divers, nous racontent essentiellement la
même histoire. D'habiles critiques en ont reconnu la parenté
et les ont divisés en groupes distincts [1]. C'est d'abord le

1. La bibliographie de ces œuvres, comme la plupart des renseigne-
ments avec lesquels est faite cette étude, se trouve dans le livre dont voici
le titre : *The Erl of Tolous and the Emperes of Almayn, eine englische
Romanze aus dem Anfange des 15. Jahrhunderts, nebst litterarischen
Untersuchungen über ihre Quelle, die ihr verwandten Darstellungen, und
ihre geschichtliche Grundlage, herausgegeben von* Gustav LÜDTKE. Berlin,
Weidmann, 1881, in-8° (t. III de la *Sammlung englischer Denkmaler in
kritischen Ausgaben*). Comme l'auteur de ce livre remarquable, dont je
me suis presque borné à faire connaître les résultats aux lecteurs français,
a cité, intégralement ou par extraits, tous les textes sur lesquels il s'est
appuyé, je me borne à y renvoyer une fois pour toutes, sauf à donner çà
et là un renseignement complémentaire.

groupe catalan, — récit des chroniqueurs Bernat Desclot
(fin du XIII° siècle), Carbonell (fin du XV° siècle), Beuter
(XVI° siècle), auxquels se rattachent une romance espagnole
(XV° siècle), et, quoique avec l'immixtion d'éléments étrangers, la source inconnue où ont puisé deux chroniques écri-
tes en Provence au XVII° siècle, celle de César de Nostre-
dame et la *Couronne des rois d'Arles* ; — puis un poème
anglais du XIV° siècle[1], tiré d'un poème français perdu[2] ; —
un « miracle » français du XIV° siècle ; — enfin, un groupe de
quatre versions intimement apparentées : un poème danois
du XV° siècle, deux romans en prose, l'un français (*Palanus*)
et l'autre allemand (*Galmi*), du XVI° siècle, et une nouvelle
italienne de Bandello. Laissant de côté les deux chroniques
provençales et le miracle français[3], dont les rapports avec les
autres versions sont trop vagues ou trop compliqués, je résu-
merai l'histoire, dans les trois formes, de plus en plus riches,
où elle se présente à nous, d'après le groupe catalan (I), le
poème anglais (II) et le troisième groupe (III). Le rapport de
plus ou moins grand développement qui se remarque entre
ces trois formes correspond à leur antiquité relative : ce sont
trois phases successives de l'évolution du thème.

Je commence par la plus simple et la plus ancienne, celle

1. Voyez G. Sarrazin, *Englische Studien*, VII, 136.
2. Le poème anglais indique à plusieurs reprises un *romance*, c'est-
à-dire un poème français, comme sa source, et il n'y a pas l'ombre d'un
doute sur l'exactitude de cette assertion. Mais à la fin il dit : *Yn Rome
thys gest cronyculyd ys, A lay of Bretayn callyd ywys And evyr more
schall bee.* M. Lüdtke attache de l'importance à cette seconde désignation ;
je crois qu'elle ne repose sur rien de réel. Elle était peut-être déjà dans
l'original français, mais cela ne prouve rien de plus. En France comme en
Angleterre, on s'était habitué à appeler *lais de Bretagne* de courts poèmes
narratifs roulant sur des aventures d'amour. En tout cas, la foi qu'exprime
M. Lüdtke (p. 89) dans la grande fidélité historique des lais bretons
n'est pas justifiée. Il l'appuie sur un passage de Wolf (*Ueber die Lais,*
p. 232) où il s'agit, non des anciens lais, mais des chansons populaires
recueillies par La Villemarqué, et on sait aujourd'hui que la prétendue
historicité de ces chansons est due en général à l'intervention de l'éditeur.

3. Je reviendrai, dans une note subséquente, sur quelques-uns des traits
particuliers à ces rédactions.

du groupe catalan. Le héros du roman, — disons « le comte »,
sans essayer encore de lui donner un nom, — entend raconter
par un jongleur le péril où se trouve, là-bas, en Allemagne,
l'impératrice sa suzeraine. Deux barons de la cour l'ont injustement accusée d'adultère, et elle sera brûlée s'il ne se
trouve personne pour combattre, au terme fixé, ses accusateurs. Le comte part secrètement pour Aix-la-Chapelle[1] et
arrive au moment où l'exécution va avoir lieu[2]. Revêtu
d'une robe de moine que lui a procurée un vrai moine dévoué
à l'impératrice, il est introduit auprès d'elle, l'entend en confession, et, sûr dès lors de son innocence, lui révèle son nom
et son dessein. Il se présente en armes sur le lieu du supplice
et s'offre à combattre seul les deux calomniateurs l'un après
l'autre : il tue le premier, sur quoi le second avoue le crime
qu'ils ont commis « par haine et envie », et implore le
pardon de l'impératrice, qu'elle lui accorde généreusement.
Elle est ramenée en triomphe au palais, et on cherche partout le vainqueur, mais il a disparu. Au bout d'un certain
temps, l'impératrice fait connaître le nom qu'il lui avait in-
terdit de révéler plus tôt, et l'empereur veut qu'elle aille
elle-même, en pompeux appareil, trouver son libérateur dans
le lointain comté où il est retourné. Accueillie par le comte
avec magnificence, elle le ramène en Allemagne : l'empereur
le remercie à son tour et lui accorde un notable accroisse-
ment de fief[3].

1. Aix n'est nommée que dans la *Couronne d'Arles*; Desclot nomme
Cologne, les autres ne désignent pas la ville.
2. Il est à remarquer que dans Desclot et la romance castillane le
comte arrive accompagné d'un chevalier (ou écuyer) qui doit combattre
avec lui, mais qui l'abandonne au dernier moment, en sorte que le combat contre deux adversaires, qu'il accepte, n'avait pas été prévu par
lui. Ce trait a disparu du roman anglais et du groupe III (Jensen, *Palanus*,
Galmi, Bandello), mais il doit être primitif, car dans les deux chroniques
provençales, où pourtant il n'est plus question que d'un accusateur, le
comte est encore, sans aucune raison, accompagné d'un chevalier, et dans
tous les récits il arrive avec quelque compagnon qui ne sert à rien : c'est
la survivance d'un organe atrophié.
3. A ce groupe se rattache certainement une imitation faite en Catalogne au xvᵉ siècle, et qui se trouve dans le curieux roman de *Curial y*

Dans cette histoire, on le voit, il n'y a pas trace d'amour : la générosité, le souci de la justice, le dévouement féodal sont les seuls mobiles qui fassent agir le héros. On ne comprend pas bien pourquoi il cache son nom en venant à la cour, et, l'ayant révélé à l'impératrice, exige qu'elle attende un certain temps pour le faire connaître. Aussi a-t-on conjecturé que le groupe catalan avait ici perdu un des éléments du récit originaire, élément conservé dans le poème anglais, qui représente, comme je l'ai dit, un poème français perdu, sensiblement plus ancien.

Là, en effet, le comte, au moment de l'aventure, est en guerre avec l'empereur, et dès lors sa conduite est naturelle : il craint, s'il est reconnu, d'être arrêté; même après son exploit, il n'est pas sûr que la reconnaissance efface chez l'empereur l'ancienne inimitié, et il ne veut qu'on sache son nom que quand il se sera mis en sûreté. Il est donc probable que le poème anglais a conservé ici la version primitive.

D'ailleurs, en beaucoup d'autres traits, il se rapproche du groupe catalan et, par conséquent, de l'original. Il est seul avec ce groupe à donner à l'héroïne le titre d'impératrice, à faire parvenir fortuitement au comte la nouvelle du péril qu'elle court, à attribuer à *deux* barons ligués contre elle la calomnie dont elle est victime, et à faire accepter par le héros

---

Guelfa (j'ai pu lire, grâce à mon ami A. Morel-Fatio, les bonnes feuilles de l'édition presque achevée par M. Rubió y Lluch). La duchesse d'Autriche, accusée d'adultère par deux chevaliers, sera brûlée si, à un jour fixé, elle ne trouve pas un champion qui, avec un compagnon, soutienne son droit. Elle fait chercher partout Jacob de Clèves, celui qu'on accuse d'être son complice et qui était parti pour le pèlerinage de Saint-Jacques; on le trouve à Casal, et Curial, jeune écuyer catalan au service du marquis de Montferrat, s'offre à être son second. Le combat a lieu devant l'empereur; les deux accusateurs sont vaincus, et l'un d'eux, qui est le véritable instigateur de la machination, avoue qu'il a calomnié la duchesse parce qu'il haïssait Jacob de Clèves (l. I, c. 13 et suiv.). Les circonstances, on le voit, ont été modifiées à dessein; mais le fait qu'il y a deux accusateurs et que, si la femme calomniée n'est pas l'impératrice, la scène se passe à la cour de l'empereur, ne permet pas de douter que l'auteur de *Curial y Guelfa* ait eu pour modèle un récit apparenté aux autres récits de notre groupe catalan.

le combat contre tous deux, combat dans lequel l'un est ren-
versé du premier coup, et l'autre implore sa grâce (mais vai-
nement dans le poème anglais). Dans la description du combat, il y a même des passages où l'accord entre le poème
anglais et la romance castillane (qui provient du catalan) est
littéral, et ne peut s'expliquer que par une source commune.

Mais si en beaucoup de traits le poème anglais reproduit
fidèlement le thème primitif, il s'en écarte par l'introduction
d'un élément nouveau, qui change, à vrai dire, tout l'esprit
du récit, en lui donnant un charme qui lui manquait. L'impératrice et le comte ne sont plus des inconnus l'un pour
l'autre : ils se sont déjà vus; bien plus, ils se sont sentis atti-
rés l'un vers l'autre, ils ont échangé des aveux, et elle lui
a fait présent d'un anneau; quand, le prenant pour un moine,
elle se confesse à lui, elle ne trouve à se reprocher que cette
faute commise pour lui-même, ce qui naturellement le remplit de tendresse et d'émotion. Au reste, l'amour n'est pas allé
entre eux plus loin que l'expression d'une sympathie mu-
tuelle. Le poème français était sans doute sur ce point plus
réservé encore que ne l'est l'imitation anglaise. Dans les
romans de *Palanus* et de *Galmi*, — qui en dérivent comme
le poème anglais, — il n'existe entre les deux héros qu'un
amour idéal, qui porte seulement chacun d'eux à se rendre de
plus en plus digne de l'honneur que lui fait l'autre en l'aimant.
Le dénouement de *Palanus* est de tous le plus conforme à
cette donnée : tandis que dans les autres versions du troisième
groupe et aussi dans le poème anglais la dame finit, son mari
étant mort, par épouser son libérateur, ici nos deux héros,
après leur terrible aventure, restent l'un pour l'autre ce
qu'ils étaient auparavant; ils éprouvent seulement, elle de la
reconnaissance et de la joie d'avoir si bien placé son estime,
lui de la fierté d'avoir si bien répondu à la confiance de
celle qui a purifié pour toujours le culte qu'il lui garde[1].

1. Il en est de même dans *Anténor* (*la Marquise de la Gaudine*), où
d'ailleurs il n'y a même pas entre le héros et l'héroïne de sentiments
d'amour. La marquise a jadis rendu à Anténor un service tout féminin :
le roi à la cour duquel il se trouvait le soupçonnait, à tort, de relations

C'est par de tels sentiments, à la fois exaltés et purs, que notre récit prend vraiment une place à part entre tant de récits analogues et mérite d'être regardé comme l'incarnation du plus noble idéal chevaleresque.

L'amour entre l'impératrice et le comte n'est pas le seul trait que le poème français inconnu ait ajouté au simple récit primitif. La calomnie contre l'impératrice, présentée dans celui-ci sous une forme vague, y est racontée avec des circonstances précises. Et d'abord le motif de la conduite des traîtres est différent : ils n'agissent plus « par haine et envie »; chargés, pendant une absence de l'empereur, de la garde de leur souveraine, ils conçoivent pour elle une passion d'autant plus odieuse qu'ils se l'avouent l'un à l'autre et rêvent de l'assouvir tous deux, et c'est quand elle les a repoussés avec mépris qu'ils jurent de la perdre. A cet effet, ils réussissent à introduire dans sa chambre, pendant qu'elle dort, un jouvenceau qu'ils ont abusé; puis ils font irruption avec de nombreux témoins, et, comme pris d'un transport d'indignation, mettent à mort le malheureux page avant qu'il ait pu parler. Au retour de l'empereur, ils lui racontent le prétendu crime de sa femme, qu'ils ont emprisonnée, et celui-ci croit à une évidence qui paraît manifeste.

Nous retrouvons les deux éléments dont se compose cet épisode dans des traditions qui ressemblent à la nôtre. Dans la légende si répandue que l'on désigne généralement par le nom de *Crescentia* nous voyons, comme ici, un personnage chargé, en l'absence de l'époux, de la garde de sa souveraine s'en éprendre, lui faire des propositions qu'elle repousse et s'en venger en l'accusant, quand il revient, auprès du trop crédule mari[1]. C'est là sans doute que le roman français a pris

coupables avec sa femme, et lui avait déclaré qu'il ne le croirait innocent que s'il lui prouvait qu'il avait une « amie »; Anténor, dans son embarras, ayant désigné la marquise, le roi avait exigé une preuve de leur intimité, et la marquise avait consenti, sous les yeux du roi (évidemment caché), à donner à Anténor un baiser, qui l'avait sauvé. C'est en retour de cette « courtoisie » qu'Anténor expose sa vie pour défendre la marquise.

1. Sur les diverses variantes de cette légende d'origine orientale, voyez

le cadre de l'épisode qu'il a ajouté au thème primitif. Quant
au stratagème à la fois infâme et naïf qui constitue la forme
même de la machination employée contre l'impératrice, il se
retrouve dans plus d'une de nos chansons de geste [1], et c'est

A. Morel-Fatio, *Romania*, t. II, p. 132, et les études de M. Ad. Mussafia
auxquelles il renvoie. Les références données par M. Oesterley dans son
édition des *Gesta Romanorum* (au n° 249) sont très insuffisantes. Voyez
encore Kr. Nyrop, *Storia dell' epopea francese, traduzione di* Eg. Gorra
(Florence, 1886), pp. 210-212.

1. Voici ces chansons : 1° *Florent et Octavien*, dont il existe une rédaction (inédite) du xiv° siècle en alexandrins (de laquelle dérive une version
en prose qui a été traduite en allemand) et une rédaction abrégée en octo-
syllabes publiée par M. Vollmöller (Heilbronn, 1883; de là dérive le poème
anglais publié par M. Sarrazin, Heilbronn, 1885); à une forme plus ancienne de la chanson appartient l'histoire de Drugiolira dans le vieux roman italien de *Fioravante*, incorporé plus tard aux *Reali di Francia* (voy.
Rajna, *I Reali di Francia*, t. I, pp. 74 et suiv.). Ici c'est la belle-mère de
l'héroïne qui la poursuit de sa haine; elle décide un *garçon* à entrer dans
son lit pendant qu'elle dort, et prévient son fils, qui entre dans la chambre, tue le prétendu amant et bannit sa femme (dans le *Fioravante*, elle
est d'abord frappée de coups d'épée qui ne lui font pas de blessures, et
placée dans une chaudière sur le feu qui ne la brûle pas). — 2° *La Reine
Sebile*, dont il n'existe en vers qu'un fragment du xiii° siècle, mais dont
on possède une rédaction en prose et deux versions étrangères, l'une
espagnole, l'autre néerlandaise, ainsi qu'une imitation en vers allemands
(*L'innocente reine de France*). Sur un poème sans doute plus ancien repo-
sent le poème franco-italien de *Macaire* et l'histoire de Belissent qui
remplit les premiers chapitres des *Nerbonesi* d'Andrea da Barberino. Dans
la forme primitive de ce roman, le traître, qui est amoureux de la reine,
décide un nain à se coucher à côté d'elle et va prévenir le roi, qui entre,
tue le nain (dans *Macaire* c'est le traître qui le tue un peu plus tard) et
bannit sa femme (dans la version française c'est le nain lui-même qui
s'éprend de la reine et se couche dans son lit). Notons ici que, dans
Macaire, la reine, avant d'aller au supplice qu'on lui prépare, se confesse
à un abbé, lequel atteste son innocence et réussit au moins à faire que la
peine de mort par le feu soit commuée en bannissement. — 3° *Olive*. Cette
chanson existe sous trois formes : une version norvégienne (*Karlamagnus
Saga*, II) d'un poème français perdu : Olive y est sœur de Charlemagne et
femme d'un roi Hugues; un poème français inédit, du xiii° siècle, *Doon
de la Roche* (Sachs, *Beitræge zur Kunde altfranzœsischer... Literatur*,
Berlin, 1857, pp. 2 et suiv.); un roman espagnol en prose (*Enrique fi de
Oliva*, réimprimé à Madrid en 1871 par la *Sociedad de Bibliófilos espa-
ñoles* d'après l'exemplaire unique de Vienne) : dans ces deux dernières
versions, Olive est sœur de Pépin et femme du duc Doon. Dans la pre-

à l'une d'elles qu'a dû l'emprunter l'auteur du poëme français perdu.

De ce poëme dérivent, nous l'avons vu, parallèlement au poëme anglais, les autres versions de notre récit qui forment le groupe III. Mais elles n'en dérivent pas directement : il faut admettre un intermédiaire par lequel s'expliquent les traits communs qu'elles présentent en regard des groupes I et II. Le plus important de ces traits est qu'il n'y a plus qu'un accusateur, ce qui d'ailleurs est plus naturel du moment qu'un amour coupable est devenu le mobile de la calomnie[1].

mière forme, le sénéchal, épris d'Olive et repoussé par elle, l'endort au moyen d'une potion, endort de même un nègre et le couche auprès d'elle; puis il amène le roi, qui décapite le nègre et enferme la reine, après qu'elle a offert de se soumettre à des épreuves et que le traître a été vaincu dans un combat singulier où il avait tous les avantages (mais tout cela est attribué par les ennemis d'Olive à ses sortilèges, trait qui a son pendant dans le *Fioravante*). Dans *Doon de la Roche*, il ne s'agit pas d'amour : Tomile hait Olive parce qu'il veut faire épouser sa sœur à Doon; il décide un *garçon* à se coucher auprès de la duchesse endormie, en lui disant qu'elle est ivre, et va chercher Doon, qui tue le garçon et renvoie Olive (malgré son offre de subir des épreuves) à Pépin, lequel la chasse avec son enfant. Dans le roman espagnol, Tomillas endort Olive au moyen d'un talisman, décide un de ses vassaux à se coucher auprès d'elle et le plonge dans le même sommeil, et amène ensuite Doon dans la chambre; il tue lui-même son vassal. Doon fait prévenir Pépin, qui arrive, et devant lequel Olive soutient victorieusement l'épreuve du feu (comme Drugiolina, bien qu'avec d'autres circonstances); elle n'en est pas moins enfermée dans un monastère.

Disons encore que dans le poëme anglais de *Sir Triamour* (voy. F. J. Child, *The English and Scottish Ballads*, t. II, p. 45), le sénéchal d'un roi, chargé par lui de garder sa femme en son absence, et rebuté par elle, raconte au roi, à son retour, qu'il a vu un homme couché avec la reine et l'a tué, sur quoi le roi la bannit. C'est à peu près la même histoire que celle de *Geneviève de Brabant*, où Golo prétend avoir surpris Geneviève avec un cuisinier, qu'il jette en prison et fait plus tard périr, tandis que Geneviève est livrée à deux serfs pour être tuée. Ces formes du cycle *Octavien* ont subi l'influence du cycle *Crescentia*.

1. On peut voir une sorte de transition entre les deux formes dans une histoire incorporée à la *Thidreks Saga* et où Child (*loc. cit.*) croit trouver, sans raison bien frappante (car la ressemblance du nom peut être fortuite), un dérivé de la *Reine Sebile*. Le roi Sigmund, mari de Sisibe, la laisse, en partant pour une expédition, à la garde de deux de se

. Un autre est tout gracieux et romanesque. Ce n'est point
le hasard qui apprend au héros le péril où se trouve sa dame;
c'est elle-même qui l'appelle à son secours par un message;
mais il ne fait qu'une réponse évasive, ce qui enlève à l'in-
fortunée son dernier espoir. Quand, vêtu en moine, il l'a
confessée, il lui demande en aumône l'anneau qu'elle porte
au doigt, seule richesse qu'elle ait conservée. Après le combat, il disparaît, et nul ne sait qui était le généreux libérateur (tandis que, dans le poème anglais, il s'était fait connaître, non plus, comme dans le groupe catalan, à l'impératrice
elle-même, mais à l'abbé qui lui avait procuré son déguise-
ment). Plus tard, il revient à la cour, et celle qui jadis l'avait
si doucement traité le reçoit avec une froideur dont elle finit
par lui dire la cause : il accepte ses reproches sans protester,
mais fait en sorte qu'elle voie à son doigt l'anneau qu'elle a
donné au moine inconnu qui l'a confessée dans la prison.
Elle le reconnaît, tombe à ses pieds et lui demande pardon.
Cette scène est bien dans l'esprit qui devenait de plus en plus
celui de la légende, et fait honneur au remanieur qui l'a
conçue.

Ce remanieur travaillait évidemment sur le poème français qui est aussi la source du poème anglais du xiv⁰ siècle.
Son œuvre a en commun avec ce poème la plupart des traits
qui le distinguent du groupe catalan, donc du thème primitif.
Le remaniement ne doit pas être ancien, car aucun de ses dérivés n'est antérieur à la fin du xv⁰ siècle. Il laissait sans
doute dans le vague le pays et le rang des personnages : dans
aucun des dérivés l'héroïne n'est impératrice; elle est reine
d'Angleterre ou de Pologne, duchesse de Bretagne ou de Sa-
voie; le héros est un comte de Lyon, un roi de Bohême, un
chevalier breton ou un seigneur espagnol.

J'imagine que ce remaniement était écrit en latin, et qu'il
appelait simplement son héros *comes quidam palatinus;* c'est

nobles, dont l'un, Hartvin, lui fait des propositions qu'elle repousse. Tous
deux, au retour du roi, lui racontent qu'elle a eu des relations coupables
avec un esclave, et lui conseillent de l'envoyer dans une forêt et de lui
faire couper la langue, ce à quoi Sigmund consent.

ainsi que je m'explique ce singulier nom de *Palanus* donné par le roman français au comte, dont l'auteur a fait un comte de Lyon simplement parce qu'il écrivait dans cette ville.

Telle est, sous ses formes successives, cette belle et naïve histoire, où les sentiments les plus délicats et les plus élevés de la chevalerie apparaissent mêlés aux traits les plus sombres de la férocité et de la justice dérisoire des temps barbares. Peut-on lui découvrir une base historique et déterminer l'époque et le pays où elle a pris naissance? Un savant allemand, M. Gustave Lüdtke, l'a essayé dans un livre où l'érudition la plus exacte est mise au service de la plus pénétrante ingéniosité. Bien que sa conclusion ne puisse pas être regardée comme absolument certaine, elle paraît au moins très plausible; elle est en tout cas des plus attrayantes, et elle offre pour les Toulousains un intérêt tout particulier.

Les versions de notre récit qui dérivent du remaniement du poème français (groupe III) donnent au héros et à l'héroïne, on vient de le voir, les noms et les titres les plus divers. Mais le groupe catalan s'accorde avec le poème anglais (représentant le poème français antérieur) pour faire de la souveraine injustement persécutée une impératrice; quant au héros, l'accord à son sujet du groupe catalan et du poème anglais est d'autant plus frappant qu'il n'apparaît pas d'abord et ne se révèle qu'à un examen attentif : il s'agit dans le premier d'un comte (anonyme) de Barcelone, dans le second d'un comte Bernard de Toulouse; or il a existé un comte de Barcelone qui a été en même temps comte de Toulouse, et ce comte s'appelait Bernard : c'est le célèbre fils du plus célèbre et plus glorieusement célèbre Guillaume de Toulouse (ou saint Guillaume de Gellone), Bernard, que nous appelons ordinairement duc de Septimanie, mais qui fut également à la tête des deux grands comtés séparés par cette province[1]. Une telle coïncidence peut difficile-

1. Bernard, à vrai dire, n'est appelé expressément comte de Toulouse que dans un document peu ancien et dépourvu d'authenticité (voy. plus loin, p. 21, n. 3); mais il ne paraît pas douteux qu'il l'ait été. Il fut mis à mort par Charles le Chauve devant Toulouse, où celui-ci l'assiégeait.

ment être fortuite. Si maintenant nous trouvons dans l'histoire de ce personnage quelque chose qui puisse être considéré comme ayant servi de base à la tradition poétique qui met en scène ici le comte de Barcelone, là le comte Bernard de Toulouse, nous aurons bien des chances d'être dans le vrai en croyant que le héros de la tradition est le personnage historique.

Or, précisément, il y eut, tout le monde le sait, entre Bernard et celle qui, de son temps, était assise sur le trône impérial des rapports qui ressemblent singulièrement ou qui, du moins, ont pu être considérés comme ressemblant à ceux qu'établit la poésie entre l'impératrice et le comte de Toulouse ou de Barcelone, Judith la seconde femme de Louis le Pieux, fut accusée, en 830, par un parti en tête duquel figuraient deux puissants seigneurs, Hugon et Matfrid, d'adultère avec Bernard, « camérier » du palais depuis 824, et fut de ce fait maltraitée, reléguée et emprisonnée. En février 831, le parti qui lui était favorable ayant repris le dessus, elle se justifia, dans une assemblée tenue à Aix-la-Chapelle, par un serment solennel. Bernard, qui, devant l'hostilité déchaînée contre lui, s'était retiré à Barcelone, n'assistait pas à cette assemblée; mais il parut à celle qui eut lieu, en automne, à Thionville, et il offrit de soutenir par un combat judiciaire l'innocence de ses relations avec Judith : pas plus qu'à Aix contre l'impératrice, aucun accusateur ne se présenta contre lui; quant aux deux comtes Hugon et Matfrid, ils avaient, du chef de haute trahison, été condamnés à Aix-la-Chapelle, et n'avaient dû la vie qu'à la clémence de l'empereur. Bernard ne fut pas toutefois réintégré dans ses fonctions de cour; il retourna dans ses comtés de France et d'Espagne [1].

L'histoire, après tant de siècles, se déclare hors d'état de porter un jugement certain sur la nature des liens qui existèrent entre le duc de Septimanie et l'impératrice Judith. La

[1]. Sur tous ces événements, voir Simson, *Jahrbücher des fränkischen Reiches unter Ludwig dem Frommen* (Leipzig, 1874-76), et autres historiens donnés en extrait par M. Lüdtke, pp. 209-217.

belle souveraine et le brillant camérier furent-ils seulement unis par des intérêts politiques, Bernard aspirant à prendre, sous le nom du faible Louis la direction effective de l'empire, Judith ne songeant qu'à assurer au profit de son fils Charles un remaniement du partage imprudemment fait par l'empereur, avant son second mariage, entre ses trois fils du premier lit? Ou furent-ils coupables, comme leurs ennemis, surtout Hugon et Matfrid, les en accusèrent avec passion? Entre les assertions contradictoires des contemporains, nous n'osons pas décider : il est toujours bien difficile, pour rappeler un mot célèbre, d'être sûr de ces choses-là. Mais il est évident que les partisans de Bernard et surtout les populations qui, des deux côtés des Pyrénées, vivaient sous son autorité et lui étaient toutes dévouées, proclamèrent bien haut l'innocence de l'impératrice et traitèrent de vils calomniateurs les deux comtes Hugon et Madfrid. Le triomphe de Judith à Aix-la-Chapelle[1], la confusion de ses accusateurs, l'offre que fit Bernard, à Thionville, de combattre en champ clos ceux qui soutiendraient la calomnie, devaient bien facilement, dans l'imagination de ses fidèles, éloignés du théâtre des événements et n'en recevant que des échos altérés, se transformer en un drame autrement simple et pathétique : le comte Bernard, cachant son nom à cause de l'inimitié de l'empereur, se présentait comme champion de l'impératrice, accusée d'adultère non avec lui, mais avec un autre, recevait d'elle-même, sous le sceau sacré de la confession[2], l'attestation de son innocence, combattait seul les deux infâmes persécuteurs, tuait

---

1. Judith s'était, on l'a vu, justifiée par un serment; peut-être aussi, suivant l'usage du temps, avait-elle offert de se soumettre à une épreuve judiciaire. Une telle offre se retrouve dans plusieurs des récits apparentés au nôtre (voy. ci-dessus, p. 12, n. 1, et ci-dessous, p. 30), mais elle n'est mentionnée dans aucune des formes du nôtre; le combat judiciaire lui-même y est imposé à l'impératrice, et non réclamé par elle.

2. Ce joli motif de la confession d'une femme par son amant, qui acquiert ainsi la preuve de sa fidélité, peut bien avoir inspiré l'auteur de *Baudouin de Sebourc*, qui l'a parodié avec sa gaieté habituelle. Baudouin, déguisé en moine, pénètre dans la prison où son « amie », Blanche de Flandres, est enfermée, la confesse et apprend ainsi qu'elle n'a jamais aimé que

l'un et forçait l'autre à demander grâce, et disparaissait aussitôt pour se retirer dans son comté, où la reconnaissance de l'impératrice et de l'empereur enfin éclairé venait, plus tard,

lui ; mais auparavant il avait été moins heureux avec une autre « amie » de sa jeunesse (t. II, pp. 104 suiv.).

C'est peut-être aussi de notre poème que dérive une chanson, évidemment fort altérée, dont je ne connais qu'un sommaire et quelques fragments, recueillis à Segré par M. le président Doreau, qui a bien voulu me les envoyer. Tout fruste que soit ce débris, je transcris ici la communication de M. Doreau. L'héroïne s'appelle Elise : « *De grand matin va à confesse*, mais son amant la devance à l'église : *A pris l'habit d'un capucin, C'est bien pour savoir son dessein* : « Allons, ma belle fille, *Qu'avez-vous donc « encore à dire?* Je suis un prêtre étranger; *Je suis chargé de vous en-« tendre*, à moi dites toute la vérité. — Mon père, j'aime un jeune che-« valier; *Grand Dieu! que j'en suis amoureuse! Il m'a donné tout son « trésor;* je lui ai donné mon cœur en gage : *Jugez, mon père, si j'ai « tort. — Mais dites-moi après cela Si vous n'avez que celui-là.* — Mon « père, *J'aimerais mieux souffrir la mort*, la mort la plus cruelle, *Qu'à « un autre donner mon cœur.* — La belle, je suis votre cher amant, « *Celui que le cœur tant désire.* Faites-moi un doux baiser : *Ce sera « votre pénitence; Faites-le-moi donc, s'il vous plaît.* — Puisque tu m'as « fait un tour d'adresse, *Je m'en irai dans un couvent, Et là je finirai « mes jours; Adieu les amants pour toujours !* » Et le chevalier meurt du chagrin qu'il éprouve d'avoir perdu Elise par sa faute. »

Une autre imitation de cette donnée paraît se trouver dans une des romances castillanes consacrées au *Comte Claros* (voy. Lüdtke, p. 86). Le comte Claros a séduit Claraniña, la fille de l'empereur Charles; le père de Clarañina l'a mise en prison, et elle doit être brûlée. Le comte, prévenu par une lettre d'elle, arrive déguisé en moine, entre dans la prison pour la confesser, mais lui fait des propositions d'amour, sur quoi elle s'indigne et déclare qu'elle n'a aimé que le comte Claros et n'en aimera jamais un autre. Le moine alors va s'armer, s'offre à prouver l'innocence de la princesse (dont cependant des matrones ont attesté la faute), triomphe du champion qu'on lui oppose et emmène Claraniña dans son pays. — Le fond de l'histoire de Claros et de Claraniña repose sans doute sur l'anecdote d'Eginhard et Emma (voy. Otto, *La tradition d'Eginhard et d'Emma dans la poésie* romancesca *de la péninsule ibérique*, dans les *Modern Language Notes*. Baltimore, 1892); mais notre romance s'en éloigne complètement et paraît bien avoir emprunté ce qui la distingue des deux autres sur le même sujet à la tradition du *Comte de Barcelone*; seulement elle a transformé l'esprit du récit à peu près de la même façon que *Baudouin de Sebourc* et la chanson angevine, sans qu'il soit besoin d'ailleurs d'admettre entre ces trois versions un rapport direct.

On a vu plus haut que la confession de l'héroïne faussement accusée lui apporter l'hommage dû à son héroïsme et à son dévouement. Cette transformation était d'autant plus facile qu'il existait déjà des récits sur un thème analogue, et ayant une base historique, où une souveraine injustement accusée était sauvée grâce à un généreux champion qui soutenait victorieusement pour elle un combat judiciaire[1]. On sait combien de

se retrouve dans *Macaire;* mais là le confesseur est un vrai prêtre, et cette façon de prouver l'innocence de l'héroïne était trop naturellement indiquée pour qu'il y ait lieu de penser à une imitation de la part de l'auteur italien.

1. Frédégaire (l. IV, ch. LI, éd. Monod, Paris, 1885, p. 140) : « Gundeberga regina, cum esset pulchra aspectu, benigna in cunctis et pietate plenissema, christiana aelimosinis, larga, praecellenti bonitate ejus diligebatur a cunctis. Homo quidam nomen Adalulfus, ex genere Langobardorum, cum in aula palatiae adsiduae obsequium regis conversaretur, quadam vicae ad reginam veniens cum in ejus staret conspectum, Gundeberga regina, eum sicut ceteris diligens, dixit honeste staturae Adalulfo fuisse formatum. Ille haec audiens ad Gundebergam secrecius ait dicens : « For-« mam stratus (*l.* staturae) meae laudare dignasti, stratus tui jobe subjun-« gere. » Illa fortiter denegans eumque dispiciens in faciem expuit. Adalulfus cernens se vitae periculum habere ad Charoaldo regem protinus cocurrit, petens ut segrecius quod ad suggerendum habebat exponeret. Locum acceptum, dixit ad regem : « Domina mea regina tua Gundeberga « apud Asonem ducem secrecius tribus diebus locuta est ut te venino inter-« ficeret, ipsum conjugatum sublimaret in regnum. » Charoaldus rex, his mendatiis auditis credens, Gundebergam in Caumello (*l.* Laumello) castro in unam turrem exilio trudit. Chlotharius legatus diriens ad Charoaldum regem inquirens qua de re Gundebergam reginam, parentem Francorum, humiliasset et exilio retrudisset, Charoaldus his verbis mendaciis quasi veretatem subsisterint respondebat. Tunc unus ex legatariis, nomen Ansoaldus, non quasi in[j]unctum habuisset sed ex se, ad Charoaldo dixit : « Liberare potebas de blasphemeo causam hanc. Jube illum hominem qui « hujuscemodi verba tibi nuntiavit armare, et procedat alius de parte « reginae Gundebergae, quique armatus ad singulare certamine, judi-« cium Dei his duobus confligentibus cognuscatur, utrum hujus culpae re-« potationes Gundeberga sit innoxia an fortasse culpabilis. » Cumque haec Charoaldo regi et omnibus primatis palatiae suae placuisset, jobet Adalulfum armatum conflictum adire certamine, ut de partae Gundebergae, procurrentibus (*l.* procurantibus) consobrinis Gundebergam et Aripertum, homo nomen Pitto contra Adalulfum armatus adgreditur; cumque confligissent certamine, Adalulfus a Pittone interficetur. Gundeberga statim de exilio post anno tercio regressa sublimatur in regno. » Comme l'a montré M. Rajna (*Le Origini dell' epopea francese*, p. 191), il est bien difficile de ne pas croire le fait, au moins en gros, historique, quand on songe que le

fois il est arrivé qu'un récit fondé sur un événement réel a néanmoins emprunté plusieurs de ses traits à un récit antérieur analogue dans ses données essentielles[1].

La légende ainsi formée avait — on en comprend sans peine le motif — écarté des relations entre Bernard et l'impératrice tout soupçon d'amour, même platonique; plus tard seulement, quand elle fut devenue pour ceux qui la racontaient un simple roman, s'y introduisit le délicat et pur élément d'un amour qui n'a rien que d'ennoblissant pour les deux âmes qui le ressentent; toutefois, même dans cette version nouvelle, conformément à la légende originale, ce n'est pas avec le héros, comme il eût été naturel, c'est avec un autre personnage que

récit en a été écrit une trentaine d'années au plus après l'événement. Mais il dut donner lieu de bonne heure à des compositions poétiques, car Paul Diacre, qui écrivait vers 780 son *Historia Langobardorum*, connaît le nom et l'histoire de Gundeberge, mais se trompe gravement sur son époque et le nom de son mari, et, dans son résumé de quelques lignes, diffère de Frédégaire sur des points importants : la reine est accusée d'adultère; c'est un serviteur à elle qui demande à la défendre, et il s'appelle *Carellus*. Ce nom, comme celui de *Pitto*, a l'air d'être un diminutif et d'indiquer un personnage de petite taille (voy. Child, *loc. cit.*, p. 39). Il existait donc dans la poésie épique, antérieurement au IXe siècle, au moins un type sur lequel la légende de Bernard et Judith, même tout à fait contemporaine des événements réels, a pu se modeler.

1. Il est très possible, comme P. Paris l'a jadis conjecturé, que la légende poétique de Roncevaux ait été influencée par le récit d'un désastre analogue arrivé, dans les gorges des Pyrénées, à une armée franque du temps de Dagobert. Les poèmes sur les guerres de Charlemagne contre les Saxons ont emprunté plusieurs de leurs traits caractéristiques à des poèmes plus anciens sur les guerres saxonnes des rois mérovingiens. Il semble bien aussi qu'une chanson de geste sur Louis IV et son combat contre un chef normand, bien que reposant sur un fait réel, ait été en partie modelée sur un poème antérieur relatif à la défaite des Normands, à Saucourt, par Louis III (voy. Ph. Lauer, *Romania*, t. XXVI, pp. 173-184, et cf. R. Zenker, *Zeitschr. für rom. Philologie*, t. XXIII, pp. 277-287). Le fait est très fréquent dans les chansons populaires; ainsi la chanson de Malbrough s'appliquait originairement au duc François de Guise, et une chanson piémontaise sur la captivité de Louis XVI reproduit en partie une chanson sur la captivité de François Ier. L'histoire même qui nous occupe en offre un exemple curieux dans la transformation légendaire de l'aventure de la reine Marie de Brabant, femme de Philippe le Hardi, accusée d'avoir empoisonné son beau-fils (voy. à la *Note additionnelle*).

l'impératrice est accusée d'avoir failli à ses devoirs d'épouse. Ce trait ne s'explique guère que comme « survivance » d'une forme du récit où il avait sa raison d'être. Tout semble donc indiquer que c'est dans les comtés soumis à Bernard que fut mise par écrit, après un temps que nous ne pouvons préciser [1], la légende à laquelle avaient donné lieu les événements, par eux-mêmes singuliers et romanesques, de 830 et de 831.

Elle ne revêtit pas la forme des chansons de geste : l'épopée, qui a tant célébré Guillaume de Toulouse, ignore complètement son fils [2]. Ce fut très probablement un récit latin qui transmit à la postérité la belle histoire née, au moment même, de la connaissance imparfaite et de l'impression exagérée des faits. Bernard y était sans doute appelé, — comme dans un autre document légendaire qui le concerne [3], —

1. Il est très difficile de fixer la date à laquelle eut lieu la mise par écrit de la légende. Il paraît certain qu'elle naquit au moment même des faits qui en forment la base, mais elle ne dut pas être rédigée aussitôt. D'autre part, il ne semble pas qu'elle ait dû l'être dans les années qui suivirent immédiatement la mort de Bernard (844). Cette mort, qui fut en tout cas tragique et qui donna lieu elle-même à de sombres légendes (voy. ci-dessous, n. 3), dut profondément troubler les sujets du duc de Septimanie. Il nous paraît probable que la tradition conservée dans notre groupe catalan, si voisine encore de la vérité historique, dut se transmettre pendant quelque temps de bouche en bouche avant de se fixer par écrit, et que quand elle prit sa forme définitive on ne la rattachait plus avec précision à celui qui en était le héros.

2. Dans toutes les chansons qui lui sont consacrées, Guillaume d'Orange, à l'histoire poétique duquel Guillaume de Toulouse a certainement fourni d'importants éléments, est présenté comme sans enfants.

3. Il s'agit du singulier récit dont un certain Eudes Aribert se donne pour auteur et qui a été publié en partie par Baluze (*Notes sur Agobard*, p. 159), et en entier par Borel (*Antiquités de Castres*, p. 12), de là dans les *Histor. de Fr.*, t. VII, p. 286, et dans les *Preuves* de l'*Histoire de Languedoc*, de D. Vaissete, nouv. éd., t. II, 2e part., p. 249. La prétendue épitaphe en roman que l'archevêque de Toulouse aurait fait graver sur le tombeau de Bernard suffit à prouver que ce texte ne remonte pas au delà du xive siècle; l'assertion de Baluze, qui dit que le manuscrit d'Eudes Aribert que lui avait communiqué M. de Masnave était « antique », empêche de le faire descendre plus bas. D'après ce récit, Charles le Chauve poignarda de sa propre main le comte de Toulouse et de Barcelone (bien qu'ils eussent juré la paix et communié ensemble), en lui

comes Tolosanus et Barcinonensis; de là le double nom de
« comte Bernard de Toulouse », qui s'est conservé dans le
poème anglais, et de « comte de Barcelone », qu'ont pré-
féré, comme il était naturel, les récits catalans.

L'histoire de Bernard et de l'impératrice dut de bonne
heure passer de la Catalogne dans l'Espagne plus occidentale;
car il semble bien qu'on en ait une adaptation, d'ailleurs
bizarre, dans une aventure attribuée par la *Crónica general* d'Alfonse X à la femme et aux deux fils du roi de Na-
varre Sanche le Grand († 1001), et dont le récit ne doit pas
être postérieur au XIIe siècle [1]. Si ce rapprochement est fondé,

reprochant d'avoir violé le lit de son maître. Or, par un jugement terrible de Dieu, dit le chroniqueur, Charles, en voulant venger celui qu'il
croyait son père, tuait celui qui l'était réellement, car sa ressemblance
avec Bernard disait assez de qui il était fils. Tout cela semble romanesque et peu ancien; mais on se demande comment une pareille fable
aurait été inventée quatre ou cinq siècles après l'événement. Les *Annales Mettenses* semblent bien dire que Charles tua réellement Bernard
de sa main; mais cela paraît déjà légendaire (voy. E. Molinier, dans la
nouv. édit. de l'*Hist. de Languedoc*, t. I, p. 104) : courut-il alors quelque
récit clandestin, — qui aurait été mis par écrit et qu'aurait connu le chroniqueur du XIVe siècle, — d'après lequel, en tuant Bernard, Charles avait
tué son père? Il est certain que les anciens bruits répandus sur la liai-
son de Bernard avec Judith devaient faire naître un tel soupçon.

1. Les deux accusateurs sont ici les propres fils de la reine, qui la ca-
lomnient parce qu'elle a refusé de livrer à l'aîné un cheval incomparable
dont le roi lui avait confié la garde. Elle est enfermée et doit périr s'il ne
se rencontre pas un chevalier qui combatte seul les deux infants. Personne n'ose se présenter excepté Ramire, leur frère bâtard. Au moment
du combat survient un saint moine du couvent de Nájera, et les infants
lui révèlent en confession l'innocence de leur mère. Celle-ci est délivrée
et obtient du roi qu'il pardonne à ses fils, mais à condition que Fernand, le second, moins coupable que l'aîné, aura, au détriment de son
frère, le royaume de Castille dont sa mère est héritière. — Ce petit roman, inséré dans la *Crónica general* d'Alfonse X (fo 93-94 de l'édition), a
visiblement pour but d'expliquer comment, en effet, ce fut Fernand et non
Garcia, le fils aîné, qui hérita de la Castille (voy. Milá y Fontanals, *De la
poesia heroico-popular castellana*, p. 201); mais la circonstance que les
accusateurs sont au nombre de deux et doivent être combattus par un
seul champion, ainsi que l'intervention d'un moine et la confession (bien
que présentées tout autrement), semble bien le dénoncer comme une
adaptation de notre thème, sans doute à travers la transmission orale.

c'est la plus ancienne trace de notre légende qui nous ait été conservée, et elle se présente en Espagne, c'est-à-dire là où nous trouvons cette légende plus tard sous la forme restée la plus voisine de sa forme primitive.

Le récit latin se répandit aussi dans le nord de la France[1], et fournit au XII° ou au XIII° siècle la matière d'un poème

1. On retrouve un thème analogue au nôtre, comme l'a remarqué M. G.-L. Kittredge (voy. Child, t. III, p. 508) dans la première partie du roman de *Joufroi* (éd. Hofmann et Muncker, Halle, 1880). Le sénéchal de la reine Aélis d'Angleterre, femme du roi Henri I°', ayant vu ses propositions d'amour rejetées par elle, prétend l'avoir surprise couchée avec un « garçon de cuisine ». Aélis est condamnée à être pendue ou brûlée si elle ne trouve pas un défenseur; mais personne ne veut affronter le sénéchal. Le jeune Joufroi de Poitiers, encore *vaslet*, envoyé par son père à la cour d'Angleterre, ose seul se présenter, tue le sénéchal et délivre la reine. Rappelé chez lui par un message, Joufroi quitte aussitôt l'Angleterre. Plus tard, devenue veuve, Aélis lui envoie à plusieurs reprises des joyaux (sans lui faire dire de quelle part ils viennent), et enfin, lors d'une visite qu'il lui fait, lui prouve sa reconnaissance de la façon la plus complète. — Mais cet épisode n'a rien qui le rattache décidément au roman du *Comte de Toulouse* plutôt qu'au thème de Gundeberge-Gunhild (voy. *Note additionnelle*); on n'y trouve ni les deux accusateurs ni la confession, et Joufroi, bien qu'étranger, vit à la cour d'Angleterre et n'arrive pas exprès pour soutenir le combat judiciaire. L'épisode de *Joufroi* paraît être une imitation faite par le poète des données générales d'un motif qui circulait sous plusieurs formes. — Il en est sans doute de même d'un épisode inséré dans les versions II-III (voy. *Romania*, t. XXVIII, p. 445) de *Floire et Blanchefleur*. Le sénéchal du roi Félis, d'accord avec lui, a ourdi, en l'absence de Floire, fils de Félis, un complot pour perdre Blanchefleur, que Floire aime malgré son père : il fait envoyer en son nom au roi un mets (*lardé* dans II, poule ou paon dans III) empoisonné, et un *vaslet* (II) ou un chien (III), auquel le roi en jette un morceau, meurt sur-le-champ (ce stratagème est sans doute pris de chansons de geste comme *Gaidon* ou *Parise la duchesse*). Blanchefleur est condamnée à être brûlée; mais Floire, qui l'apprend (par hasard dans II, grâce à un anneau magique dans III), arrive, couvert d'une armure, sur le lieu du supplice, s'approche de Blanchefleur, et, sans se faire connaître, reçoit d'elle l'affirmation de son innocence, défie alors le sénéchal et le tue. Le trait de l'entretien avec Blanchefleur rappelle la confession du *Comte de Toulouse* (il n'est pas dans II, où c'est la reine qui affirme au chevalier inconnu l'innocence de la condamnée). Cette version de *Floire et Blanchefleur* doit être encore du XII° siècle. Si l'épisode en question est emprunté à notre roman, cela en attesterait l'existence en France dès cette époque.

dont la perte est des plus regrettables et auquel remontent, nous l'avons vu, directement le poème anglais et indirectement les imitations faites en France, en Allemagne, en Danemark et en Italie (groupe III). La dernière, celle de Bandello, est la plus altérée et peut-être la moins bonne; elle a toutefois un certain intérêt pour l'histoire littéraire. Adaptée, en 1713, au goût du temps par Mme de Fontaines, elle ravit le jeune Arouet, et il en tira plus tard l'inspiration de sa tragédie de *Tancrède*, qui fut un de ses plus brillants succès, se maintint longtemps au répertoire, et peut être regardée comme un des prototypes du drame romantique. Ainsi la ramification légendaire qui s'était jadis étendue sur toute l'Europe a poussé une dernière branche jusque dans la littérature presque contemporaine.

La souche qui a produit cette végétation riche et vivace paraît bien avoir ses racines dans la terre méridionale où Bernard donna le spectacle de son existence tumultueuse et féconde en péripéties [1]. Le grand duc de Toulouse, Guillaume,

1. Déjà Wolf (*Ueber die Lais*, p. 217) avait regardé comme probable que le poème anglais du *Comte de Toulouse* (ou sans doute plutôt son original français?) avait une source provençale (laquelle elle-même remonterait à un lai breton, voy. ci-dessus, p. 7, n. 2). C'est le nom donné au héros dans cette version qui lui avait inspiré cette idée. — M. Suchier croit que nous possédons peut-être un fragment du roman provençal de *Bernard de Toulouse* dans un morceau de soixante-douze vers qu'il a imprimé (*Denkmæler der provenzalischen Literatur und Sprache*, I, Halle, 1883, p. 309; cf. p. 552) d'après un manuscrit de Cheltenham. C'est une partie d'un entretien entre un comte et une reine (et non impératrice), véritable *flirt* où le comte fait valoir ses droits à l'amour de la reine, tandis que celle-ci se défend de manière à ne pas le décourager. Le comte rappelle qu'il est venu jeune à la cour de la reine, abandonnant son pays et ses parents, et que cela a causé son malheur, en lui faisant concevoir pour la reine un amour qu'elle ne veut pas partager. La forme est celle de vers décasyllabiques groupés en laisses monorimes (les soixante-douze vers conservés riment en *at*); or il est probable que le poème français qu'a suivi le roman anglais du *Comte de Toulouse*, étant appelé « lai de Bretagne », était en vers de huit syllabes rimant deux à deux. Il n'y a pas dans la situation des rapports assez frappants pour que l'identification proposée paraisse très vraisemblable, et le ton léger de l'entretien ne me semble convenir à au-

est devenu le centre d'un des cycles les plus nationaux de
notre vieille épopée; autour de son fils Bernard, par l'inter-
prétation idéalisée d'un épisode de sa vie, s'est formée une
légende d'un caractère plus individuel, qui peu à peu, trans-
portée hors de sa patrie, s'accroissant d'éléments empruntés
ailleurs et s'enrichissant d'heureuses innovations, est devenue

cune des formes de notre récit, où l'amour du comte pour l'impératrice
est toujours très réservé. — Puisque je cite ce fragment, d'ailleurs intéressant, je me permets de donner des vingt-deux premiers vers une traduction un peu différente de la traduction (abrégée) qu'en a donnée M. Suchier. « ... Car celui qui a commencé une entreprise si noble [dit le
comte] ne doit pas y renoncer (v. 2 l. Nes pour Nel?) jusqu'à ce qu'il
l'ait achevée. — Comment? achevée [répond la reine]. Vous l'avez beaucoup avancée [ironique; M. Suchier ne traduit pas massa n'aves cabat et
n'enregistre pas cabar au Glossaire, bien que ce mot manque à Ray-
nouard] ! Car je crois que vous en avez fait autant que le premier jour [je
ne comprends pas les mots qui suivent, que l'aguest conquestat; M. Suchier traduit : « da ihr es erranget, oder : ihn besieglet »]. — Dame,
fait-il, [dans ce cas] vous m'auriez mal payé ; car si d'un côté j'ai échoué
[si eu ai d'una part mescabat ; M. Suchier traduit : « wenn ich einerseits
einen Fehler beging », et revient plus loin sur cette idée que le comte a
commis une faute; tel ne me parait pas être le sens de mescabar], et si
vous m'avez chassé à grand tort, je m'en souviens bien [v. 9 le ms. a Sen,
que l'éditeur corrige en S'en, et que je lirais Ben; ce qui suit : Sens dre-
zurier unal, m'est inintelligible; M. S. corrige mandat et traduit « ohne
rechtmæssigen Antrag »], [néanmoins], à qui que cela plaise ou déplaise [je
mets une virgule au lieu d'un point après le v. 10], j'ai déjà conquis la
moitié de notre [ou de votre] amour. — Par le Christ, dit-elle, vous avez
parlé en tricheur, c'est un mensonge à vous, bec rusé; ce mot [inutile de
lire d'aquest pour aquest au v. 14] ne vous sera pas pardonné. [Ici il y a
évidemment une faute dans le texte : le v. 15, Ni s'ieu dic zo, non dei
esser blasmat, ne peut être prononcé tel quel par la reine; je propose, eu
gardant dei' = deia, que M. S. change en deu :] Et si je parle ainsi, [j'ai
grandement raison; il n'est homme qui mente] qui n'en doive être blâmé.
— [Blâmé?] Moi ? lui répond-il après y avoir pensé; pour dire la vérité
et donner une réponse raisonnable? Si je vous aime fort, d'un cœur riche
et fin, et que vous ne m'aimiez pas, n'est-ce donc pas partagé en deux moi-
tiés? [Le comte justifie ainsi son mot précédent, accusé d'être mensonger,
que de l'amour entre lui et la reine il a déjà « fait » la moitié. M. S., qui
a traduit au premier passage : « Von unserer Liebe habe ich schon den
Unterschied gemacht (?) », traduit ici : « Ist das nicht ein totaler Unterschied? » Meitat ne peut signifier « différence », et la question du
comte, si elle avait eu ce sens, n'aurait pu offenser la reine.] »

une des incarnations les plus complètes et les plus typiques de la poésie romantique et chevaleresque. Il m'a semblé intéressant de rappeler ce souvenir dans une réunion tenue à Toulouse. Les vents et les oiseaux ont dispersé par le monde une semence de poésie qui avait germé dans une terre féconde entre toutes : j'ai voulu rassembler les fleurs qui en sont nées et qui, sous les cieux les plus divers, se sont richement épanouies, et les rapporter en hommage au sol dont elles sont originaires [1].

[1]. A vrai dire, c'est plutôt pour la Catalogne que pour la France méridionale que parlent les indices relevés plus haut.

NOTE ADDITIONNELLE. — C'est M. Lüdtke qui a eu la pensée de voir dans l'aventure de Bernard de Septimanie, Barcelone et Toulouse, et de l'impératrice Judith la base historique des poèmes ou romans qu'il a groupés comme on vient de le voir. Les critiques qui, avant lui, s'étaient occupés de ces œuvres, Wolf et Grundtvig (voy. dans son livre les citations de leurs écrits), n'y avaient vu que des variantes de la légende de l'impératrice Gunhild, d'origine, à leur avis, anglo-saxonne ou anglo-danoise, à laquelle ils rattachaient aussi celles de Gundeberge, de Sebile, d'Olive, de Geneviève, etc.; cette légende elle-même n'était d'ailleurs qu'une variante du thème, originairement mythique, de « l'épouse innocente persécutée. » M. Pio Rajna (voy. ci-dessus, p. 19, n. 1) a montré qu'on ne saurait guère contester la réalité essentielle de l'histoire de Gundeberge, racontée par un contemporain quatre siècles avant l'époque où a vécu Gunhild. Ses pénétrantes remarques n'ont pas convaincu M. Nyrop, qui déclare (*Storia dell' epopea francese*, p. 122) qu'il ne peut absolument pas se rallier à cette façon de considérer la légende, et qu'à son avis Grundtvig a parfaitement raison de voir dans l'histoire de Gundeberge une variante langobarde du conte si répandu de l'épouse innocente persécutée.

M. Lüdtke ne paraît pas avoir connu l'étude de M. Rajna, qui d'ailleurs, ne tenant compte ni du *Comte de Toulouse* ni des récits parallèles, ne touchait qu'indirectement son sujet. En revanche, il s'est attaché à réfuter l'opinion de Wolf et Grundtvig rattachant le *Comte de Toulouse* (ainsi que le groupe catalan et le groupe III) à la légende de Gunhild. Il signale (pp. 91-92) comme caractérisant le *Comte de Toulouse* dans sa forme primitive les traits suivants : l'accusation d'adultère est portée par deux courtisans; l'impératrice est emprisonnée et sera brûlée si au bout d'un délai fixé il ne se présente personne pour combattre ses accusateurs; un comte, qui était mal avec l'empereur, l'ayant appris par hasard, se rend *incognito*, accompagné d'un chevalier, à la cour de l'empereur; déguisé en moine grâce à la connivence d'un abbé, il acquiert, par la confession de l'impératrice, la certitude de son innocence ; il s'offre, seul (ayant été, ajouterai-je, abandonné par son compagnon), à combattre les deux calomniateurs l'un après l'autre, et tue le premier, sur quoi le second avoue son crime; pendant que l'impératrice est ramenée en grande joie au palais le comte se dérobe et retourne dans son pays; mais plus tard son nom est connu, et il reçoit d'éclatants témoignages de la reconnaissance de l'empereur et de l'impératrice. — Dans la légende de Gunhild, il ne s'agit que d'un accusateur ; le libérateur est un serviteur de l'impératrice amené par elle de son pays, dont la petite taille ou la jeunesse contrastent avec la haute stature et la force éprouvée de son adversaire ; il ne cache nullement son identité et ne se retire pas après le combat. « La ressemblance entre les narrations germaniques et romanes, conclut M. Lüdtke (p. 166), se réduit aux données les plus générales : la calomnie dirigée contre une femme innocente et sa délivrance de la mort. Elles ont sans doute fourni le thème de compositions poétiques dans tous les temps et chez tous les peuples, et continueront à le faire tant qu'il y aura des hommes sur terre, tant que l'innocence sera persécutée et trouvera un défenseur. »

Cette conclusion n'est pas sans laisser dans l'esprit du lecteur quelque doute sur la base historique que l'auteur assigne à une de ces compositions poétiques : n'est-elle pas, comme la légende de Gunhild, une simple variante du thème qui est présenté comme appartenant, pour ainsi dire, au matériel immuable, bien que toujours renouvelé, du *folklore* universel? C'est bien l'opinion que Child, après avoir lu les travaux de Wolf, de Grundtvig, de M. Rajna et de M. Lüdtke, semble considérer comme la plus probable : « Dans tous ces contes, dit-il (t. II, p. 43), il n'y a rien ou presque rien qui puisse être regardé comme historique, et il y a beaucoup de choses qui sont en contradiction directe avec l'histoire. Mettant l'histoire hors de cause, celui qui voudrait essayer de retrouver l'ordre de développement [des divers contes] n'aurait pas pour sa construction une base plus solide que l'air. Même si l'on juge l'invention humaine si pauvre qu'il faille nécessairement admettre une source unique pour des histoires si nombreuses et si différentes dans le détail, une simple exposition du sujet, avec des groupements secondaires, semble être tout ce que, présentement, on peut essayer avec quelque sécurité. »

Au risque d'être accusé de témérité, je dirai qu'il me semble qu'on peut aller un peu plus loin et essayer non seulement d'esquisser les relations des formes diverses de notre histoire, mais encore de leur trouver une base, ou plutôt une double base dans l'histoire. Je me rattache aux résultats obtenus indépendamment par M. Rajna et M. Lüdtke, en tâchant de les combiner comme je l'ai indiqué plus haut (pp. 19-20).

Je ferai d'abord remarquer qu'il faut écarter deux groupes de récits qui n'ont avec notre thème qu'un rapport tout extérieur. Ce qui caractérise ce thème, c'est que l'épouse injustement accusée est sauvée par le moyen d'un combat judiciaire. Dans le groupe de *Crescentia*, il n'y a rien de pareil : l'héroïne est vraiment expulsée, et elle ne se réconcilie avec son mari que beaucoup plus tard, après des aventures extraordinaires et à la suite

d'événements miraculeux. C'est bien là un thème de *folklore*, et en effet
nous le retrouvons en Orient, et il a très probablement une origine asia-
tique. Le cycle *Octavien-Sebile-Olive-Triamovr-Sisibe-Geneviève* (voy. ci-
dessus, p. 12, n. 1) est également très distinct du nôtre : il ne contient pas le
combat judiciaire (celui qui figure dans *Sebile* entre le traître et un chien
est étranger au récit même), et l'héroïne, comme dans le cycle *Crescentia*, est réellement bannie (étant, d'ordinaire, enceinte ou déjà mère)
ou subit un long et cruel supplice; ce cycle, qui touche d'un côté au
précédent, de l'autre à celui de la *Manekine* (voy. Suchier, *Œuvres poétiques de Philippe de Beaumanoir*, t, I, pp. xxiii-xcvi) et aussi à celui des
Enfants-Cygnes (voy. *Romania*, t. XIX, p. 315), appartient réellement
au *folklore*. Le fait que les deux cycles de *Crescentia* et d'*Octavien* sont
étrangers à notre thème n'empêche pas, naturellement, qu'ils ne puissent
l'avoir influencé dans tel ou tel de ses développements.

Le trait essentiel, le centre même de notre thème, c'est le combat judiciaire, et ce trait en fait une production nécessairement médiévale. Une
fois qu'on l'a ainsi circonscrit et défini, on constate avec surprise qu'il
ne comprend au fond que trois membres : l'histoire de Gundeberge, le
roman du *Comte de Toulouse* et la légende de Gunhild, car les ballades
anglaises et scandinaves étudiées par Child (*Sir Aldingar*) et Grundtvig
(*Ravengaard og Memering*) se rattachent avec évidence à la légende de
Gunhild et proviennent certainement de la même source. Nous avons donc
à nous demander quel est le rapport de ces trois versions, et si l'on peut
trouver un fondement historique à l'une d'elles, ou à deux d'entre elles,
ou à toutes trois.

J'ai déjà dit que le raisonnement de M. Rajna sur l'histoire de Gundeberge me paraissait inattaquable. Ecrite une trentaine d'années au plus
après les faits qu'elle relate, cette histoire contient certainement une
grande part de réalité. Il est possible cependant que le récit de Frédégaire,
transmis oralement de Langobardie en France, ait subi l'influence de
quelque poème antérieur, langobard ou franc, où le thème de la souveraine injustement accusée et délivrée par un combat judiciaire était déjà
traité. Ce qui le fait croire, c'est surtout le fait que les noms donnés res-
pectivement par Frédégaire et par Paul Diacre au libérateur de Gundeberge, *Pitto* et *Carellus*, semblent également être des sobriquets et indiquer un homme de petite taille, opposé sans doute à un adversaire
de stature colossale. Or, c'est là un trait tout poétique, qui appartient à l'épopée de tous les pays et apparaît déjà dans le combat singulier
de David contre Goliath. Quoi qu'il en soit, il est clair que l'histoire de
Gundeberge doit être mise à la base d'une étude comparative de nos trois
versions. Elle se rapporte à des événements réels du viie siècle, et elle est
racontée par un contemporain, puis, indépendamment, par un auteur de
la fin du viiie siècle, duquel il y a de fortes raisons de croire qu'il l'a
puisée dans un poème. Au viiie siècle donc, tout au moins, il existait un
poème, probablement germanique, racontant l'aventure de Gundeberge,
reine des Langobards, et le combat judiciaire par lequel le petit Pitto ou

Carellus l'avait délivrée et vengée de son redoutable calomniateur.

J'ai exprimé plus haut l'idée que le roman d·· *Comte de Toulouse*, dont la première forme peut être encore du ıx° siècle, a été influencé par ce poème. Ce roman se rattache à l'histoire réelle de Bernard et de Judith par des liens qu'il est presque impossible de ne pas reconnaître : le nom de Bernard, sa qualité de comte de Toulouse et de Barcelone, son hostilité avec l'empereur au moment des événements, la qualité d'impératrice de l'héroïne, le nombre des accusateurs, l'arrivée de Bernard à Aix-la-Chapelle du fond de son domaine et son retour dans ce domaine après le combat, sa réconciliation finale avec l'empereur. Quelques traits qui sont propres au roman peuvent avoir aussi, sans que nous le sachions, leur raison d'être dans la réalité : ainsi l'épisode de la confession (qui, du reste, rappelle la justification publique de Judith) et le fait que le héros offre de combattre seul deux adversaires. Mais il est très possible que la substitution même d'un combat judiciaire effectif à la simple offre faite par Bernard ait été suggérée par le poème de *Gundeberge*. — Une fois créé, le thème du *Comte de Toulouse* continua à se développer. Dans le groupe II, il s'adjoignit l'amour du comte pour l'impératrice, qui est sans doute (bien qu'il se trouve avoir peut-être une base réelle) une simple addition du remanieur; mais, en outre, ce même remanieur donna pour cause à la calomnie la passion criminelle des accusateurs, il supposa qu'ils étaient chargés de la garde de l'impératrice en l'absence de son époux, et il leur fit motiver leur accusation par le stratagème infâme du prétendu amant introduit dans le lit de l'impératrice. Ces deux derniers traits paraissent empruntés l'un au cycle *Crescentia*, l'autre au cycle *Octavien*; mais il est très possible qu'ils se trouvassent déjà dans le poème de *Gundeberge.* Quant à l'idée d'expliquer par un amour rebuté la conduite des calomniateurs, elle est à la fois dans *Gundeberge* et dans le cycle *Crescentia*; mais elle est si naturelle qu'elle aurait pu venir spontanément à l'auteur du roman français. Dans le groupe III, qui semble provenir d'une transmission orale et où les noms et qualités des deux héros se sont perdus, est ajouté le trait de l'appel envoyé par l'héroïne au héros et auquel il feint de ne pas se rendre, ainsi que celui de l'anneau donné dans la prison; ce sont, sans doute, de pures inventions poétiques, dont la seconde au moins, cependant, ne manquait pas de modèles.

Passons maintenant à la légende de Gunhild. Elle n'a aucune base historique quelconque. Gunhild, fille d'Emme de Normandie et de Canut, épousa à dix-huit ans, en 1036, Henri, fils de l'empereur Conrad, et mourut deux ans après sans avoir eu la moindre dissidence avec son jeune époux, lequel ne fut empereur qu'en 1039, un an après la mort de sa femme. Cependant, dès 1130 environ, Guillaume de Malmesbury raconte qu'après de longues années de mariage avec l'empereur Henri elle fut accusée d'adultère, et que, personne n'osant combattre son accusateur, homme de taille gigantesque, un enfant qu'elle avait amené avec elle d'Angleterre se présenta comme son champion et coupa les pieds du calomniateur, sur quoi elle fut proclamée innocente, mais renonça à la vie conjugale et entra dans un couvent. Guillaume n'a fait sûrement ici que résumer un poème anglais; des sources postérieures nous apprennent que le champion (qui, d'après l'une de ces sources, était un vrai nain) s'appelait *Mimecan* et son adversaire *Rodegan* ou *Roddyngar*. Dans les ballades anglaises ou scandinaves nous retrouvons tous ces traits, ainsi que les noms, et nous y voyons, en outre, que le calomniateur, comme dans notre groupe II et le cycle *Octavien*, avait introduit un prétendu amant dans le lit de l'héroïne endormie. On peut être certain que ce trait aussi figurait dans le poème anglais dont l'existence est attestée dès le commencement du xiie siècle.

Mais pourquoi ce poème attribuait-il à Gunhild une aventure aussi complètement opposée à la réalité de sa courte vie? D'après Child, c'est parce qu'en devenant l'épouse du roi des Romains elle avait pris le nom de Cunigund, et que Cunigund, femme de l'empereur Henri II (1002-1024), ayant été accusée d'adultère, se justifia en marchant sur des fers rouges (ou en les portant dans ses mains) sans dommage, — ou encore parce que la même épreuve avait été subie avec le même succès par la propre mère de Gunhild, la reine Emme, ce qui faisait encore au xive siècle l'objet de chants anglais ou anglo-normands. Mais ces histoires, — plus ou moins authentiques (une toute pareille est attribuée à la femme de Charles le Gros, au ixe siècle), — n'ont que très peu de rapport avec celle de Gunhild; il est possible qu'elles aient influencé quelques traits que nous trouvons dans les ballades modernes, mais elles ne suffisent nullement à expliquer qu'on ait attribué à Gunhild plutôt qu'à une autre l'histoire de Gundeberge.

C'est bien, en effet, l'histoire de Gundeberge que nous retrouvons sous le nom de Gunhild : le trait qui très probablement la caractérisait, la petitesse du champion du droit opposée à la taille gigantesque du calomniateur, rend l'adaptation extrêmement vraisemblable, et nous avons vu que la ruse du calomniateur, qui figurait presque certainement dans l'histoire de Gunhild, pouvait fort bien se trouver dans celle de Gundeberge. Il est très possible aussi que Pitto ou Carellus fût, comme Mimecan, un jeune homme attaché au service propre de la souveraine. C'est sans doute la similitude des noms, commençant par la même syllabe *Gun-* (qui, dans l'anglo-saxon, équivaut à *Gunde-*), qui a fait mettre sur le compte de Gunhild l'aventure qu'un poème plus ancien, transporté de Langobardie ou de France en Angleterre, attribuait à Gundeberge. Il y a eu peut-être une autre raison encore : on pouvait connaître en Angleterre une forme ancienne, perdue pour nous, du roman du *Comte de Toulouse*, si voisin du poème de *Gundeberge* : là l'héroïne était une impératrice, et le poème anglais choisit la seule princesse anglaise qui, antérieurement à Mathild, épouse de Henri V (1114-1125), eût épousé, sinon un empereur, au moins un fils d'empereur, plus tard empereur lui-même.

Voilà comment je me représente la succession et le rapport de nos trois groupes. A l'origine, peut-être, un vieux poème germanique, de pure invention, sur une reine injustement accusée d'adultère et victorieusement

défendue, dans un combat judiciaire, par un champion tout jeune ou de
toute petite taille, contre un calomniateur de taille et de force exception-
nelle ; puis l'histoire réelle de Gundeberge, base d'un poème qui s'adapte
au cadre préexistant ; ensuite l'histoire réelle de Bernard et de Judith, base
également d'une composition poétique qui profite peut-être du thème antérieur et qui se développe plus tard par des fictions personnelles et des
emprunts à des cycles étrangers (*Crescentia, Octavien*) ; enfin le poème
anglais de *Gunhild*, adaptation du poème de *Gundeberge*, peut-être avec
influence du *Comte de Toulouse*, et développant dans la poésie anglaise,
imitée par la poésie scandinave, une riche ramification où bien des traits
s'altèrent, s'ajoutent ou se renouvellent. A cet ensemble de compositions
poétiques, il est inutile de chercher une origine mythique, car l'imagination des hommes, soit pour s'intéresser aux malheurs réels d'une victime
innocemment persécutée et au triomphe du bon droit, soit pour inven-
ter des aventures de ce genre, n'a pas besoin d'y voir les symboles de phé-
nomènes cosmiques, météorologiques ou solaires.

On peut seulement trouver surprenant que l'histoire et la fiction se mê-
lent de si près, et qu'on doive admettre en même temps, par exemple pour
Gundeberge et pour notre poème, une réalité historique essentielle et une
adaptation à un poème antérieur. Mais cela se comprend très bien dans
un milieu social qui ressemblait à celui des poèmes et où les aventures
des poèmes pouvaient parfaitement se présenter dans la vie. Nous en
trouvons un exemple bien postérieur, et très curieux, dans la façon dont
a été déformée, assez peu de temps après l'événement, l'histoire de Marie
de Brabant, deuxième femme de Philippe III. On sait que Louis, l'aîné
des fils que le roi avait eus de sa première femme, étant mort en 1276,
Pierre de la Broce, favori de Philippe et ennemi de la reine, insinua que
Marie l'avait fait empoisonner. Philippe, un instant ébranlé par cette
calomnie, fut rassuré par les déclarations d'une béguine de Nivelle qui
proclama, par inspiration de Dieu, l'innocence de la reine. La disgrâce de
Pierre et son exécution (1278) furent certainement dues surtout au res-
sentiment des parents et amis de la reine. Mais en Brabant la légende
emprunta à notre thème des traits qui transformèrent cette aventure et
qui, chose singulière, ont été accueillis par plusieurs historiens même de
nos jours (voy. plus loin). On se borna d'abord à raconter que Jean de
Brabant, frère de la reine, averti par une lettre qu'elle avait tracée avec
son sang (trait pris aussi à des récits épiques plus anciens), arriva en
France, accompagné seulement de son écuyer et de son chien, et provo-
qua Pierre de la Broce, lequel obtint sûreté du roi : tel est le récit de
Louis de Velthem, qui écrivait en 1315 (l. II, c. XL-XLII). Dans un mor-
ceu qui fait partie de la Chronique de Hennen van Merchtenen (1414)
et qui se retrouve dans des additions aux *Brabantsche Yeesten* copiées au
XV⁰ siècle (voy. l'éd. de Jan van Heelu de Willems, t. I, pp. 346-348, et
son édition des *Brabantsche Yeesten*, t. I, p. xxxvII), et qui remonte
donc au moins aux premières années du XVᵉ siècle, on retrouve la même
histoire (avec la curieuse addition d'un épisode dont j'ai signalé jadis la

présence dans des récits très divers et dans *Aimeri de Narbonne*, voy. *Romania*, t. IX, pp. 415-446). Mais d'après des écrivains postérieurs, « Marie aurait été incarcérée, et Jean, duc de Brabant, son frère, déguisé en cordelier, aurait lui-même interrogé sa sœur dans sa prison ; puis, convaincu de son innocence, aurait défié quiconque oserait soutenir l'accusation contre elle » (art. *Marie de Brabant*, par L. Grégoire, dans la *Biographie Didot*), ou, pour prendre les termes d'un auteur tout récent qui semble admettre la vérité de l'histoire, « Marie, enfermée dans la tour du château de Vincennes, trouva le moyen d'informer son frère de sa lamentable situation. Le duc partit en hâte, accompagné d'un seul page, Godekin van den Stalle. Arrivé à Paris, il pénétra, déguisé en moine, dans la prison de sa sœur, la rassura, lui promit de la délivrer, et défia en présence du roi Labroce (*sic*) en combat singulier » (art de M. E. de Borchgrave dans la *Biographie nationale* belge). Je n'ai pu savoir où se trouve la source première du récit si facilement accepté par les deux biographes de Marie de Brabant (et par beaucoup d'autres historiens). M. Langlois, dans son beau livre sur Philippe III, n'y fait pas même allusion ; M. Wauters, dans son étude sur Jean de Brabant, est à peu près aussi muet. M. H. Pirenne, le savant historien de la Belgique, auquel je me suis adressé, a bien voulu faire pour moi des recherches qui n'ont abouti qu'à moitié. Le plus ancien auteur où il ait rencontré ce récit romanesque (et celui que tous les écrivains postérieurs ont copié) est P. Diraeus, dans ses *Rerum Brabantinarum libri XIX* (Anvers (1610). Après avoir résumé le récit de Velthem, il ajoute (p. 124) : « Addunt chronographi ducem simulato Franciscani habitu ad sororem intromissum, cum eam criminis exortem verissima confessione cognovisset, mox, Franciscani habitu exuto, innocentiam ejus armis probare voluisse provocato in certamen singulare eo qui contrarium adserere vellet. » M. Pirenne n'est pas arrivé à découvrir qui peuvent être ces *chronographi*. En fait, Marie ne fut jamais emprisonnée, et cette histoire est visiblement, surtout dans sa dernière forme, un emprunt au poème français (source du poème anglais) sur Bernard de Toulouse, dont elle atteste une fois de plus l'existence. Les deux auteurs brabançons l'ont successivement adaptée à l'histoire vraie de l'accusation portée contre Marie et de la part que le duc Jean prit à la justification de sa sœur et au châtiment de celui qui l'avait accusée. C'est ainsi que le *Comte de Toulouse*, tout en prenant dans la réalité du héros, la qualité de l'héroïne, les deux accusateurs, et, sans doute, d'autres circonstances, a pu emprunter le combat lui-même au poème de *Gundeberge*, qui, à son tour, bien que fondé sur l'aventure de la femme de Charoald, s'était peut-être inspiré d'un poème plus ancien. L'existence de ce premier poème me paraît probable, mais elle n'est après tout ni assurée, ni nécessaire. Tout notre développement a pu sortir de l'histoire réelle de Gundeberge, arrangée par la fantaisie des poètes ; mais il s'agit en tout cas d'un thème essentiellement germanique, distinct de ceux de *Crescentia* et d'*Octavien*, et dont le centre et l'âme, comme je l'ai dit, sont constitués par le combat judiciaire.

Toulouse, Imp. DOULADOURE-PRIVAT, rue St-Rome, 39. — 1883